四季吟詠句集 37

東京四季出版

四季吟詠句集37

出雲元子　7
伊藤明子　15
岩瀬久美子　23
植田秀子　31
上田　守　39
牛飼瑞栄　47
碓井遊子　55

大瀬俄風　63
岡田みさ子　71
小野瑞季　79
木村マサ子　87
佐藤美智子　95
塩田修三　103
鈴木隆　111
鷲見芳子　119
徳田紫紋　127

中島　保　135
西谷内外志枝　143
橋本和佳子　151
早川たから　159
福田淑子　167
吉田和司　175

凡例

本書は二〇二二年一月号から一二月号まで「俳句四季」の〈四季吟詠欄〉で特選を得た作家による合同句集である。その構成は次のように定めた。

一、特選句及び選者による特選句評（二度以上の特選の場合は、そのうちの一つを掲載した）
一、著者の写真及び略歴・現住所
一、「俳句と私」と題するミニエッセイ
一、作品五七句（自選）

仮名遣いは原則として、著者の意向を尊重した。

四季吟詠句集37

装丁　渡波院さつき

出雲元子

いずも・もとこ

略歴　昭和一二年二月一一日兵庫県に生まれる。俳句はペンと紙があれば他のものは不用です。「九年母」に入会して五十嵐播水先生、哲也先生と現在の小杉伸一路先生の指導を頂いています。最初は季語がむずかしく表現もままになりませんでしたが、今八十路半ばにて俳句は楽しい存在です。ずっと続けます。

現住所　〒六五六―一一一三六　兵庫県淡路市中田四一七

特選句

青海苔の香の中に座す夕餉かな

二〇二二年六月号特選

◆特選句評――小杉伸一路

海の近くにお住いなのだろう、採れたての新鮮な青海苔が届けられた。それを作者が手早く料理して、夕餉の膳に供したのである。青海苔の味噌汁はとりわけ香りが引き立つ、他にも青海苔を使った美味しい料理が出されたのだろう。青海苔の香る夫婦だけの夕餉の膳。夫婦の来し方がしみじみと伝わって来る句である。

◆俳句と私

俳句は春夏秋冬の動きと風と雨と日の楽しみを教えてくれます。

門出でし視界存分暮の春
おとづれし四温日和を得て外出
大安を選む予定や初暦

寒の水五臓に冷えを覚ゆかな
毛筆の卒寿の賀状凜として
店頭の鱈の鮮度を選びゐる
裏山の鳥声高き二月かな
戻りたる浜の活気や白魚舟
一望におさめて島の梅の丘
惜しげなく折つて賜り庭の梅
健やかに身のほど願ひ残り福
夏めくや召されし人を偲ぶ雨

出雲元子

ひなの灯を消し惜しみつつ更けにけり

席入りや筧の水の温みたる

今年また軒に燕の来たりけり

草木に艶生まれけり春の雨

カラフルな日傘を求む姉妹かな

恙なき余生の日々や春一日

長閑さやまだまだ延ぶる散歩道

過ぎし日のよみがへりきて四温晴

満開にして静かなり山桜

裏山の夕焼空の稲光

座を占むる大山蓮花茶席床

薔薇の香に憩ふ隣家の垣根越し

群なせる文字摺草や庭の隅

新しく求めし道具風炉点前

若楓垣根覆へる青さかな

しばらくは時をあづけて川とんぼ

目に触るるもの皆柔し風薫る

農家みな喜雨に明日の予定繰る

秋晴や風受けてより歩のかろし

楠大樹二重奏なる蟬しぐれ

静かなる水平線の夕焼くる

降りやみて艶増しにけり蓮の花

蟬声や今日と言ふ日を預けをり

ひと仕事終りたるとき夕時雨

流れ星流れし処闇深し

月清し守り伝ふる茶の作法

遠回りせし歩を緩め鈴虫に

朝顔や花なき蔓のとまどへる
冬ざれは枯れゆくものに加速かな
おだやかに暮れしひと日や月の海
月清し今日の一日の恙なく
日の落ちて窓より昇る今日の月
浜の波おだやかに月昇りけり
長居して帰る夜道やそぞろ寒
手の平に掬ひし重み今年米
西門を開きてよりの秋の風

夜の更けて秋風を聞く独かな

いささかに緊張もあり事始

菜畑に霜の花おく朝かな

粕汁をもてなしとする具だくさん

風にのる枯菊を焚く香かな

大壺に満つる菊の香大広間

柿もぎて籠にあふるる日和かな

擦れ違ふ稲田の道の会釈かな

松茸の香りの満つる夕餉かな

伊藤明子

いとう・あきこ

略歴　昭和二二年一二月二三日神奈川県に生まれる。平成二〇年「若葉」入会、令和四年終刊。平成二一年「松籟」入会。以来、「松籟」編集長・同人会会長の有我重代先生に師事。「若葉」同人。「松籟」同人。俳人協会会員。松籟新人賞受賞。第一三回石田波郷俳句大会大賞受賞。

特選句

楽譜柄の浴衣の似合ふピアニスト

二〇二二年一二月号特選

◆特選句評――山本比呂也

私どもの結社の理念の一部に「有季定型の伝統を守り、〈新は真〉を目指し」があり、俳句の素材や表現などにおいて〈新〉を追求することの大切さを説いているが、この句は正にそれに叶っている。作者は特別のことを言っているわけではなく、おそらく見たままの景を詠まれたものと思うが、それがリズム良く、無駄のない簡潔な一句として整えられると、新鮮に響いてくるのである。

◆俳句と私

この度は山本比呂也先生の特選を賜り、『四季吟詠句集』に参加させて頂きますこと、大変光栄に存じます。厚く御礼申し上げます。

平成二〇年に友人からメール句会へ誘われ、初めて俳句を詠みました。基礎から学ばねばと思い、中日文化センター俳句講座の扉を叩きました。メール句会の御縁で「若葉」に、講座の御縁で「松籟」に入会させて頂き、良き師、良き友と出会えたことに心から感謝しております。両結社の主宰の御講話は、私にとって句作の永久保存版の教科書です。

師が言っておられる、俳句は生きてきた範囲でしか詠めない人生そのもの、というお言葉を胸に、心の豊かな人間になれますよう、これからも精進して参りたいと思います。

願ふより感謝を捧ぐ初詣

入れ忘るるもののありても雑煮かな

手放すを惜しみつ鷽を替へにけり

初御籤通り失せ物出づるとは

手で笛をあたため稽古始かな

歌留多読む抑揚母に似てゐたり

とほき日の父のライカの初写真

風に乗る前に弾けてしやぼん玉

春寒し駅の時計は故障中

啓蟄の地下は渋滞かも知れず

神苑を知り尽くすかに初蝶来

だしぬけに闇を揺るがす修二会かな

伊藤明子

春灯や影を確かに阿修羅像
須弥壇をほのと明るく春の燭
神の杜とは知らず蛇穴を出づ
待ちながらくるくる廻す春日傘
思ひ出は良き事ばかりチューリップ
子猫寝る門前町の乾物屋
大茶盛よいしよと声を上げさうに
焙炉場の香りの洩るる細格子
逃水を追うてどこまで行くのやら

囀や足ばらばらの縄電車
病室に妻の日傘の白さかな
薔薇の香に磯の香りの紛れ込む
食パンの厚切りが好き麦の秋
命名の墨文字の撥ね夏来たる
ぴくぴくと動きさうなる袋角
薫風や園の木椅子は海を向き
梅は実に塗りの文箱に妣の文
神島で章魚飯買うて乗船す

虫籠窓の並ぶ旧家に夏燕
不死男忌や缶切りの錆削り取る
ソーダ水ころころ笑ふ女学生
蟬時雨鳴くことだけに一途なる
六歳の絵と字の句集夏休
文豪の旧居に子ども用プール
ストリートピアノ磨かれてゐる終戦日
蟋蟀跳ぶいつも何かに驚いて
踊果て郡上に戻る水の音

カリヨンの余韻色なき風に乗り
立ち寄れば目当ての古書や獺祭忌
終止符を打つかのごとく添水鳴る
初紅葉母の傘待つ雨宿り
朝まだき鹿の一家の動き出す
鳥渡る人は国境決めたがり
コンコースにハロウィンの魔女吊るされて
風音に耳を澄ませば冬隣
新豆腐掬ふ店主の手の白さ

伊藤明子

冬めくやベンチに浅く腰掛けて

主人公を真似てショールを巻きにけり

変はらないことの安けし日向ぼこ

七五三写真屋さんを引き連れて

冬帽の小さき会釈に出合ひけり

マスク越しの声聞き取れぬまま別れ

あと一目あと一段と毛糸編む

春隣ビルのテナント入れ替はる

齢などとんと忘れて冬うらら

岩瀬久美子

いわせ・くみこ

略歴　昭和二八年一〇月一二日愛知県に生まれる。平成二六年岡崎中日文化センター俳句教室「中日C」受講。「松籟」入会。「松籟」編集長・同人会会長の有我重代先生に師事。令和三年「松籟」同人。令和三年より「俳句四季」投句。俳人協会会員。

現住所　〒四四四―〇八〇二　愛知県岡崎市美合町平端二三―一九

特選句

凍空の影おく山のたたなはる

二〇二二年三月号特選

◆特選句評――山本比呂也

愛知県の南部地方は温暖な気候であり、冬でも青空の広がる日が多いが、時として「凍雲」に覆われることがある。この句はそのような珍しい冬の景を詠まれたもので、高い山はないものの「たたなはる」山並に凍雲が翳っている様子を「凍雲の影おく山」と言い止め、改めて、山並の東へ、北へと重なり合っていることに驚かれたのであろう。その万感の思いが「たたなはる」に込められている。

◆俳句と私

職を退き、何か自分を表現できることをしたいと考えていました。近くの文化センターの俳句教室を見学し、有我重代先生と教室の方々の熱心な遣り取りに魅了されその場で入会しました。句座は有我先生のお人柄そのままの暖かく熱気のあるもので、また俳句に対して前向きで真摯な方々ばかりでした。

俳句は自分の人生を俯瞰で眺めることができ、善い事の記憶となり、慰めとなる浄化剤です。俳句を知り、句友を得て私の後半生はより恵みのあるものになりました。

山本比呂也「松籟」主宰・有我重代先生はじめ、私の俳句に関わってくださった全ての皆様に心より感謝申し上げます。

雲割りて家々染むる初日影

餅花や薄き闇ある父祖の家

星凍つる生暖き牛の息

冬ざれや吉野は黒く息潜む

二ン月の甕のさかなの浮き上がり

木の影も田起しさるる吉野かな

持つてけとざつくり分葱引き抜けり

初孫の話などしてシクラメン

鳥雲に子らは地に花いちもんめ

ふらここや子守の爺が揺られをり

振り返りまた振り返る入学児

心憂き映画見終らば春夕焼

春風や葛菓子舌にあはあはし
ひとひらの花を挿頭して西行庵
山桜名もなき山の片ゑくぼ
一条の夜明けの色のフリージア
夏立つやイルカのショーの水しぶき
面影をつかめば逃ぐる母の日よ
一村は植田と共に眠りをり
一夜さの蕨の灰汁の深緑
実桜や少年塀にもたれをり

干し置けばどくだみの香も矛収む
焼鮎のはらわた甘き川の宿
短夜に子守の疲れありにけり
山際に時をり見ゆる花火かな
かなかなや音をたてずに湖の雨
稲妻や金色堂を震わせり
鎌を研ぐ父の背光る豊の秋
鰯雲稚の踏み行く潦
甘やかな風の抜けゆく葡萄棚

運動会百のカメラの我が子追ふ
秋今宵トライに滾るスタジアム
山の音のかぶさり来たる夜寒かな
粗壁は粗壁のまま冬に入る
吊橋のゆるりと揺れて山眠る
北塞ぐ一条の日に塵の浮く
観覧車の回る空あり大根干す

香港逍遥

商船の連なりゆけり大南風
夾竹桃海に沿ひたるフリーウェー

緑蔭や太極拳の手の揃ふ
朝の水打つて商ひ始まりぬ
茶を淹るる女主人の麻の服
風水の極まる街の影涼し
賑やかな看板夏の空隠す
万緑のビクトリアピーク風渡る
店奥に片肌脱ぎの媼かな
木下闇二羽の鶏地をつつく
油照地を這ふものの影の濃し

虹立ちてやさしき風の吹きゆけり
風薫る広場の空の塔高し
日傾きて組み立てらるる夜店かな
火蛾舞ふや人も車も湧き出でぬ
一湾の水脈縦横に夏夕べ
涼しさや水面に揺らぐビル灯
アパートの高きところに仏桑花
ヴィオロンの奏づるロビー薔薇溢る
異邦人行き交ふ街の夏の果

植田秀子

うえだ・ひでこ

略歴　昭和一八年四月一九日大阪府に生まれる。昭和六三年、丸山海道主宰「京鹿子」に入会。主宰ご逝去後豊田都峰主宰。今は鈴鹿呂仁主宰に師事。平成一六年より「京鹿子」同人。昭和六三年より平成二五年、「あぢさゐ」句会、平成二五年一月より京都「四温」句会。

現住所　〒五七三―〇一一八　大阪府枚方市杉山手二丁目一五―一〇

特選句

榧の実の一つが空に小野の里

二〇二二年九月号特選

◆特選句評――鈴鹿呂仁

小野小町と深草少将の百夜通いの恋の物語。二人の恋を成就するために百夜通いを決意した少将は、その証に榧の実を毎夜一つずつ置き、百夜目に榧の実を握りしめたまま命が尽きたもので、掲句は作者が小野の里に訪れた際にこの悲しき恋を叶えさせてあげたい、と思いを馳せ、榧の実の一つを空に見つけたのであろう。時空を超えて結ばれた二人の恋の物語に拍手を送りたい。

◆俳句と私

この度、鈴鹿呂仁先生の特選に選んで頂き『四季吟詠句集』に参加させて頂き、有り難うございます。

私と俳句との出合いは、「京鹿子」に所属されておられた、森茉明さんとの出会いでした。たまたま、京都までご一緒することが有り、「あぢさゐ句会」をされている事を知り、誘って頂きました。行かせて頂くと、知った方ばかりで、すぐに入会、「京鹿子」にも入れて頂きました。丸山海道前師、豊田都峰前師、今は、鈴鹿呂仁先生にご指導を頂いております。

榧の実の一つが空へ小野の里

夏盛り打ち所なき句読点

毛糸編むひと目ひと目の母ごころ

四方八方噂の飛んで栗花落かな
招かれて月下美人と美味の酒
密約のあるやなしやと花の乱
毒の字に母ゐる不思議桐の花
うす紙のやうな日差しや梅ふふむ
啓蟄や出入り自由の古本屋
パスワード忘れ初夢解けぬまま
砂時計返せぬままに秋逝かす
透けるまで冬瓜を煮て夫を待つ

蟬の穴覗いてみても過去は過去
どの舟に乗れば海市へ辿るやら
軸足を少しずらして冬逝かす
マドンナと言ふ名のワイン酌む夜長
終章は書ききれぬまま冬隣
閑さや蟬の骸の二つ三つ
うちわ風話の腰は折れやすし
地球儀に納まる世界蝌蚪生まる
綿虫の浮遊の中に迷ひ込む

業平のゆかりの寺のかきつばた
寒紅やいくつになつても女へん
蜘蛛の糸世界を駆けるEメール
折鶴へ息吹き入れて春発たす
鳳仙花三人寄れば語尾弾け
紅しだれ七分の思ひ届かずに
蝌蚪生る村に押し寄す近代化
大寒や踏んばつてゐるわが齢
夢のあと消さない様に布団干す

母の味父の思ひ出慈姑煮る

秋澄んでカリヨンの鐘午後三時

炎天に蟬の骸の空に向き

ラフランス河内女の噂好き

寂聴の自伝艶めく春の宵

啓蟄や本屋に積まる旅行本

寒紅や八十路を前に生きまどふ

言ひ過ぎし言葉戻らず五月果つ

春兆す会ふ日のための服選ぶ

鍬入れて初春の陽を足してやる

行く秋や宿題ひとつ解けぬまま

運不運どこで線引く青りんご

砂時計返せばあの日鳥曇

曼珠沙華あなたの思ひ解けぬまま

秘めごとはイニシャルにして初暦

春空や新時代へのプロローグ

鼓草絵文字で届く孫便り

年賀状安否確認証明書

植田秀子

園児乗せバスは花野へ花野へと

二人居てそれぞれ違ふ良夜かな

観察の朝顔一輪一年生

終止符はまだまだ打てぬ去年今年

酔芙蓉うすす紅さして会ひにゆく

春兆す巫女振る鈴に濁りなし

句読点迷へばこぼる実むらさき

水中花馴染めばそこが一等地

秋蝶の行く先追へば君が影

上田　守

うえだ・まもる

略　歴　昭和一五年七月四日兵庫県に生まれる。平成二四年四月NHK学園通信講座入門。同二七年産経学園梅田カルチャー山田教室受講開始。同年五月「円虹」入会、雑詠投句開始、今日に至る。『四季吟詠句集』34参加。

現住所　〒六六五―〇八五二　宝塚市売布四丁目三番三〇―一三〇五号

特選句

燕の子風の音にも口あけて

二〇二二年九月号特選

◆特選句評――山田佳乃

燕が渡り来て営巣し、いつしか燕の子が賑やかに親鳥に餌をねだる姿が見られるようになった。静かに隠れている燕の子も親の気配に大きな口を開けるのだが、食いしん坊の子がいるのだろう。風の音を羽音と間違えて口を開ける様子が可愛らしい。そんな燕の子の様子をよく見ておられた作者。

◆俳句と私

俳句はいま私の毎日の生活において主要な部分を占めております。吟行し季節を味わい実感のある季語と出会い、歳時記を精読し本意を探ります。

自分の感動にかなった言葉を探し、五・七・五の中に彫刻をほるがごとく詠んでおります。多くの句がこれからも詠めるよう感性を高め楽しんで努力してまいります。

俳句に出合い一〇年目となる年に、山田佳乃先生の特選を頂き『四季吟詠句集』37に参加することができました。深く感謝致します。

数の子をドレミの音に噛んでみる

八十路過ぎ五年日記を買うてみる

初鏡われ父似とも母似とも

若緑ひと雨浴びて香の弾む
ひと葉のせ薄氷水へもどりゆく
温まり苗床の色目覚めたり
獺祭をそつと河童の眺めをり
濃紅梅ひとりひとりに香をくばる
何枚も緑着てゐる蕗の薹
涅槃図の象のとなりに入りたやな
何言ふも許されさうな葱坊主
黒髪の形調へ雛流す

上田 守

風の日は風のなすまま椿落つ

丸い顔なほ丸くして豆御飯

万物のふるさとは海夏来たる

鳥の子空は遠しともどり来る

芍薬は咲ききる前に匂ひたり

道をしへ人迷はせることが好き

正装し月下美人と一ト夜かな

太鼓腹水鉄砲の的なりし

荒るる良し汐満つ夜の穴子釣

気ままなる色の集り七変化
ナイターの二回裏より居眠りす
夜釣火は泥の底まで落ちゆけり
父よりの作務衣身につけ端居かな
夢つぶれ夢中につぶす苺かな
浜茶屋の海の色なるかき氷
告ぐるひとなくて金魚と話しこむ
虹二重われに二つの故郷あり
手植する田の一列は神のもの

上田 守

改めて家はふたりや秋刀魚焼く

見るたびに無明深まる流れ星

残暑てふ捨て台詞にも似たるもの

今年酒しづかに老いをとどめをり

渡り鳥記憶の水辺戻り来る

悪筆を侘びて硯を洗ひたり

咲く無心咲かぬ無心もある花野

よく止まる蜻蛉の好きな野球帽

顔上げてわが道を行く今朝の秋

色にまだ燃ゆるものあり式部の実
新米を大きく握りハイキング
秋深し紅さし指の指輪あと
濁酒飲んでピカソの貌となる
人の田と神の田分つ彼岸花
睨みたる仁王の相や雲の峰
大根の白の重さを干しにけり
灯の向うから来る聖歌かな
つかの間を肩寄せてゆく夕時雨

上田 守

葉牡丹の渦の色増す夕日かな
筆ペンを二本買ひたる師走かな
止ぬまま闇夜となりし初時雨
拝殿に猫の寝てゐる神の留守
マスクして会ひたきひとに会ひにゆく
冬帝の海鳴りとなり波となり
臘梅の香り廃家の庭に濃し
末枯れて悟りの色になりにけり
なにもかも倉庫に終ひ冬入る

牛飼瑞栄

うしかい・みづえ

略歴　本名・牛飼栄。昭和二七年六月九日長崎県に生まれる。平成一八年西山常好主宰「母港」入会、二〇年「母港」同人。令和二年主宰逝去により「母港」終刊。現在無所属。『四季吟詠句集』24、25、29、30、35に参加。俳人協会会員。

現住所　〒八五七―〇〇六八　長崎県佐世保市御船町九―一

特選句

老人の発火しさうな油照り

二〇二二年一二月号特選

◆特選句評――夏井いつき

その顔の皺の中まで赤銅色に日焼けし、てらてらと汗を滲ませ輝く老人の半裸の姿態が目に浮かぶ。乳母車に空き缶を山と拾い集めている老人か。はたまた、海の家の旧式のかき氷器で氷塊を削っている老人か。「発火しさうな」の中七と、季語「油照り」の出合いがリアリティーを生んだ。真夏に働く普遍的な老人の姿が、作者の感動のフィルターを経て、オリジナリティーの溢れる美しい詩となった。

◆俳句と私

この度は夏井いつき先生の特選を賜り、誠に有り難うございました。先生の特選の句評を改めて読ませていただき、真摯に俳句と向き合われている職業俳人のその凄さにただただ敬服しています。

所属していました俳誌は終刊になりましたが、今も月一回の「港佐世保句会」と「波佐見若葉句会」には継続参加しています。

西山常好先生がそうであられたように厳しい中にも笑いの絶えない句会を続けられ、実りのあることを信じての俳句談義に花を咲かせていければと願っています。

たましひの後退りする踏絵かな

さへづりの死に物狂ひかも知れず

一枚は句座となりたる花筵

おぼろ夜の孤舟めきたる駅ピアノ
逃水の奥にもつとも渇く街
若草を踏みにじりゐる軍靴かな
一山をオペラハウスに百千鳥
野遊びの祖父は鳥語のわかるらし
草萌ゆる仔牛に角の兆しかな
つばめ来る兜太の海の彼方より
春日傘飛び立つやうに開きけり
雪形の馬の痩せたる故国かな

牛飼瑞栄

田水張るいづれはダムに沈む村

一行詩めきし戒名蛍の夜

かはせみの啞へしものにゆさぶらる

草笛の名手に娘嫁がせり

噴水の柱に風の凭れをり

一湾を曠野のやうにヨット駈く

骨片に似たる貝殻沖縄忌

竹婦人連れてローマへ赴任せり

天帝のつまみ上げたる雲の峰

草矢にて射止めし妻の遺影拭く
反核の署名にたたむ日傘かな
夏芝居三面鏡に顔四つ
ペーロンの仕舞ひは空を仰ぎけり
子は砂の城主となれり大西日
やがて死ぬ人が死者積む原爆忌
日本の河馬になりきり西瓜食ぶ
死ぬほどの恋は叶はず生身魂
生身魂ばかりの句座の姦しき

花街を色なき風の素通りす

蟷螂の我を手招きしてゐたり

がんばれと言はぬ教師と登高す

瓢簞の中に鎮座の酒神かな

槌音は村の再生秋澄めり

強さうな土偶の女豊の秋

地芝居の悪代官の父を斬る

小鳥来て象の花子へ耳打ちす

君逝きて残る虫とは俺のこと

鯛ノ浦鯨ヶ浜も鰯寄す
次の世は鯨になれよ鰯干す
裏側は焦げ目あるらし鰯雲
晩節を串に刺さるる下り鮎
晩秋の杉はいよいよ静かな木
銃眼の奥の海原しぐれ来る
荒星の吼ゆるがごとく瞬けり
海原に寝返りを打つ鯨かな
日向ぼこ地平線より戦車来る

牛飼瑞栄

襤褸市に並ぶブリキの戦車かな
千両をひと抱へして茶の師来る
油絵の海のでこぼこ暖炉燃ゆ
老犬の声衰へず猟期来る
甲板の雪原となる空母かな
きりきりと水を束ねて滝凍つる
氷壁へぶつかつてくる火球かな
轜に乗り船にも乗りて柩着く
新宿の地下の「蠍座」マキ忌来る

碓井遊子

うすい・ゆうし

略歴　本名・碓井崧（うすい・たかし）昭和一一年三月一七日ソウル（旧京城）に生まれる。無所属のまま「萬緑」「風」「夏潮」など地元の句会に参加して句作を学ぶ。大阪大学関係者の『合同句集 待兼山』第三、四集に寄稿。小学生期の句で草田男選を頂き、今、草田男の写生論を学ぶ。

現住所　〒四五八―〇八一二　愛知県名古屋市神の倉三丁目九九番地

更けてなほミューズ舞ひたり牡丹雪

二〇二二年五月号特選

特選句

◆特選句評――浅井愼平

牡丹雪はそれだけで物語だ。人のこころにさまざまなことを思い付かせる。それが、夜の深さの中の情景であれば、なおのことだ。

作者はそこにミューズが舞っていることを見つける。人のこころと降る雪の交感は一行の詩となって残った。美しく、懐かしく、読む者にも伝わってきた。俗である人間が、聖なるものに触れて清められているようにも感じた。

◆俳句と私

『奥の細道』関連の各所を折々訪ねてきました。旅先の新たな環境に身を置くと創作意欲が刺激されます。芭蕉の『奥の細道』とも関連し、俳句理解の文脈（コンテクスト）の観点をあげてみましょう。芭蕉の旅は、晩春に出発して五ヶ月余りの季節の推移を示し、季語によっても「時間」の文脈が明らかです。又、江戸を起点に象潟に至るまでの「場所」が分り、理解しやすくなっています。更に、旅先の俳諧興行の様子、気分や体調の「状況」を知るのは作品理解の助けになります。俳句の理解・解釈には、このように「時間」「場所」「状況」とTPOの文脈が関わっていて、逆にこれらの欠如は、紀行文でなくとも作品の理解を困難にする場合があるように思われます。

『奥の細道』を訪ねて

送る人旅立つ人や江戸の春

田植の頃　二句

代掻きの木陰に泥の笑顔かな

天仰ぐ仕草ゆかしや田植歌

花曇り智恵子の愛づる山河かな

大震災復興支援の歌「花は咲く」を想いつつ

気の充つる福島城下花の咲く

松島

船追へる鷗の群れや夏の潮

みちのくの曲水《ごくすい》の宴毛越寺

伊豆沼　四句

落雁のやがて沼池の影となり

浮き寝して白鳥黒く固まりぬ

東雲や白鳥はまだ深眠り

朝明けの空に白鳥飛び立ちぬ

封人の家　二句

分水嶺炉端に鮎を焼きにけり

封人の屋敷の構へ蕎麦の花

夏草のせみ塚囲む立石寺

最上川・酒田　三句

万緑の山峡縫ふや最上川

舟唄の滴る山にこだまする

べにばなを積む廻船の船簞笥

出羽三山　三句

青葉して六根清浄出羽三山

履物を供へ行者の祭かな

こだまして園児の声や山滴る

鶴岡藩の武士の暮し

もののふの釣りに励むや夏の磯

象潟　三句

細道の果てなる旅や合歓の花

象潟や秋田小町の稲穂波

揺れ動く破れ芭蕉や蚶満寺

村上

鮭戻る城下にしばし旅寝かな

出雲崎・佐渡　四句

朝顔や良寛偲ぶ筆遣ひ

金山と銀河親しや佐渡歩き

昼顔や海水なほも煮詰めをり

世阿弥忌や秘すれば花といふ教へ

親不知　四句

山迫る天下の険の菫かな

夏草の天下の険を覆ひたり

雷神の海駆け抜くる親不知

海凪ぎて能登を覆へる夕焼かな

市振の芭蕉の宿や藤の花

越中　四句

堅香子の花の咲けるや越の国

更けてなほ流しの胡弓風の盆

盆提灯散居の村に点々と

加賀　四句

寒鰤や荒海《あるみ》のブルー写しくる

鰤起し遠く聞えて薬の湯

玫瑰や砂の文様のまた動く

千代女墓

本殿は白き岩窟青葉光

分け入ればぶつかる程の蟬時雨

越前　三句

灯台を囲む水仙潮迅し

紫式部公園

朱の欄干深雪の中に浮かびをり

雪原の野辺の送りとなりにけり

若狭　三句

若狭なる雪解の水の石走り

縄文の舟小屋囲む梅の里

砂持の気比の真砂や春時雨

湖北　四句

湖北路やひと駅ごとに雪深く

灯ともし雪原駆くる夜汽車かな

粉雪や伊吹の近き御坊かな

味くらべ湖東湖西の今年酒

大垣　三句

栃若葉城下ゆらゆらたらひ船

伏流の湧き出る町や水羊羹

二見への船路ゆかしや鉄線花

旅に病んで壱岐なる曽良や春一番

御堂なるいまはの夢や銀杏黄葉

大瀬俄風

おおせ・がふう

略　歴　二〇一一年、初めて句会に参加し、自分の句を人に見てもらう経験をしたのを機に、句作を志す。現在、「円虹」所属。

現住所　〒一五四―〇〇〇一　東京都世田谷区池尻二―三一―二〇―五〇一

特選句

春暁や鈴をなくしてきたる猫

二〇二二年六月号特選

◆特選句評――山田佳乃

早春の頃、猫は繁殖期となる。掲句はそのような猫の様子を詠んだと思うけれども、恋猫ではなく「春暁」という題を持ってこられたことで一夜を駆け回った猫の姿を詩的に昇華させている。「鈴をなくして」くるという恋路の激しさを想像させて印象的な句となっている。

◆俳句と私

思い出し得る限りで最初に作った句は「古寺にもみぢばかりが盛りなり」である。高校の修学旅行で飛鳥に行った時のものだが、詠みたくて詠んだわけではなく、それが国語の課題であったというだけのことである。

初めて句を作ったからと言って、これが自分の句作の原点であるとはまず言われない。それから長いこと句を作ったり作らなかったりで、俳句を自分の生活の一部として意識したことがなかったからだ。

それが二〇一一年、俳句を始めたという高校時代からの友人に誘われて初めて句会に参加し、自分の句を人に見てもらうという経験をした。句作者を自覚したのはこの時が初めてであった。私の句歴の始まりである。

ゆつくりと沈む小石や水温む

巻くほどもなき家系図や蓬餅

手のひらに触るる仔猫の背骨かな

飛ぶよりも走つて逃げて雀の子
どこをどう歩いてみても春の泥
ふらここや夕餉のあかりまたひとつ
山吹や二列に並ぶ通学路
遠足の列ひとりづつこんにちは
なにがしの墳墓の上か青き踏む
そよ風をからめとりたる豆の花
菜の花や次のバスまで一時間
いろいろの花びらつけて春日傘

波となり渦となりたり花の塵

豆腐屋の豆煮るにほひ夏初め

人一人機械一台田を植うる

鍋のふち叩く菜箸五月晴

あしたには寄付する髪を洗ひをり

三校で九人のチーム雲の峰

上座にも下座にも置き扇風機

冷蔵庫開けかすかなる風起こす

草笛や街はづれまで家出して

塩借りて醬油を貸してキャンプ村
絵日記のためのお出かけ夏帽子
平泳ぎ水底を見て空を見て
ひまはりに背中向けたき日のありき
八月の膝のかさぶた剝がしたり
古書店のすみの消火器秋暑し
ひぐらしやここにありたるはずの店
くるくると回つてしまふ案山子かな
古寺はいまも古寺山粧ふ

住職に叱られにゆく墓参
座布団に子を寝かせやる盆の寺
何にするでもなし糸瓜ぶらさがる
吾亦紅前もうしろもなく生けて
栗飯のあと一粒ののせどころ
自由席一枚を買ふ秋時雨
乗り換ふる駅のピアノや後の月
いつせいに吊り革揺るる夜寒かな
ひと呼吸ずれたることばそぞろ寒

影はもうはるか先まで枯野道
風音も雨音もみな神の旅
しりとりのんにも続けて日向ぼこ
手のひらの丘を飛び越し龍の玉
ふれあはぬやうに行き交ふ熊手かな
日めくりの頼りなくなり一葉忌
綿虫や雑記帳ある無人駅
押し入れのひらかれぬ箱十二月
そのために酒買ひにゆく玉子酒

冬の夜のジョーカーは右かと思ふ

二次会は襟立ててゆく年忘

むかし大男ありけり山眠る

つれあひを作つてやらむ雪だるま

いつせいに声生まれたる初日の出

ゆつくりと行きても同じ恵方道

様の字の形よろしき賀状かな

あまりにも上手に出来て福笑

まな板の七種のあを流しけり

岡田みさ子

おかだ・みさこ

略　歴　本名・岡田美佐子。昭和一六年一月一九日群馬県に生まれる。「あだち野」「天頂」同人。俳人協会会員。第五五回俳人協会俳句大会特選受賞。天頂新人賞受ける。

現住所　〒一二一－〇〇七一　東京都足立区東六月町六－一九

特選句

幕末の漢の写真桜かな

二〇二二年八月号特選

◆特選句評――浅井愼平

幕末の写真には、ありし日の時間と空間が深々と横たわり、走馬灯のように回っている。その一葉を覗き見れば、タイムマシーンとなって、観る者を瞬時に遥かな過去へ連れ去る。ここで詠まれた「漢」はラストサムライだろうか。写真がモノクロームであることも、とじ込められた時代を色濃く残す。「桜かな」の文字がまるで生きもののようだ。作者に俳句の神が下りたのである。

◆俳句と私

私が俳句らしきものを作り始めたのは、六十歳を過ぎた頃であった。たった十七文字に何を表現出来るのだろうか。不思議な文学に魅了された。

季語の意を誤ってはいけない。自分を偽ってはならない。この二つを守って俳句に向き合ってきた。楽しい、面白い、新しい、などなどを探しながら句会に参加するようになった。以来二十年以上になる。この間に夫を見送り兄弟もつぎつぎ旅立った。誰もが味わう哀しみに私も打ち拉がれた。その都度俳句は大きな励ましとなった。俳友の秀句に触れる事は喜びでもあった。有り難いことである。

これからも「俳句と私」を大切に学び続けて参りたいと思う。

地方紙の一面トップ初日の出

口角を上げて私の初御空

親戚のやうに肩寄せ七福神

喰積のはみ出してゐる睨み鯛
アマビエの護符折り入れておとし玉
平成を積み残してや宝船
ペンキ絵の富士はればれと初湯かな
もう少し夫を待たせてさくらかな
一族と云ふも七席桜鯛
恋猫の睨みきかせてそろりそろ
アリランの山河愛しき春の月
白梅に宿るや昨夜のほまち雨

岡田みさ子

団子虫転びて春を背負ひけり
春寒や遅参の席のやや上座
肩上げを解きて十三参りかな
燕子花病みし三日を子に言はず
代々の竈守りて畠を打つ
笹鳴きやさほど不幸と思はざり
露草はいつもむらさき反戦歌
夕焼けに追ひ着きたくて歩きけり
論争に入り込んでくるアロハシャツ

ふる里の銀座通りやかき氷
斑猫を追ひ越し先を急ぎけり
裸の子大好きだから羽交ひ絞め
蟬しぐれ森を焦がしてゐたりけり
まくなぎを払うて鯉に手を打てり
五月雨やさざ波つつと合ひ寄りぬ
堀川の鯉も鯰も御所生まれ
嵩張らぬ夜店のこぼれ話かな
まひまひの遠出半径二メートル

いい話一つ増やして夏果てり
指笛をのせて島唄いわし雲
夕風を吹き分けてゐる猫じやらし
同郷と知りて膝寄す月の客
角砂糖積み上げてゐる秋思かな
母の座に坐して母恋ふ月の夜
二百十日きゆつきゆと磨くガラス窓
掛香のゆれて日捲りカレンダー
小机を良く拭き上げて文化の日

灯下親し挿画は岩田専太郎
落葉掃き赤塚まんがレレレのレ
おにぎりのやうに坐りて日向ぼこ
石一つ冬の流れを変へにけり
子規庵の一木一草冬に入る
定年の吾子を労ふ根深汁
それぞれの昭和を語るちやんちやんこ
露座仏の天衣にすがる枯蟷螂
遠眼鏡のけぞる鶴を捉へけり

好き好きと声つまらせて雪女

晩学に少し衒ひの冬桜

煤逃げや猫の同意を取り付けて

雪だるまさうは見えねど雪だるま

被災地の牡蠣をメニューに加へけり

のめり込む時流の渕や竜の玉

数へ日や付箋の赤の際立てり

凍雲のつらなる山の向かうまで

深々と子の家に睡る大晦日

小野瑞季

おの・みずき

略歴　昭和二三年八月二五日長崎県に生まれる。平成二五年「蕗」入会、倉田紘文先生に師事。二六年終刊。二七年「蕗の里」入会、阿部正調先生に師事。令和二年終刊。二八年「水輪」入会、阿部王一先生に師事。俳人協会会員。大分県俳人協会会員。合同句集『おいけ』『ともしび』。

現住所　〒八七九—五四三二　大分県由布市庄内町畑田一六の三

特選句

新樹光手に真つさらな母子手帳

二〇二二年九月号特選

◆特選句評——小川晴子

町の中が、新緑の木々に染まる美しい季節は、人々の心が何か浮き立つ思いがします。「妊娠おめでとうございます」ママ〇歳の方が赤ちゃんの心拍が確認できる妊娠六週から一〇週頃に受けとる「母子手帳」は大きな喜びです。大きな期待と希望に包まれていることでしょう。無事に元気な赤ちゃんが生まれる日まで、くれぐれもお大事にお過し下さい。

◆俳句と私

職を辞して、地区の公民館活動の俳句の会に入ったのが俳句との出合いです。季語が入っていればよしと考える程度でのスタートでしたが、仲間に支えられ楽しく参加できました。俳誌「蕗」に入会し倉田紘文先生に師事しました。「自然を大切にする」「写生を重んずる」「一人一人が皆平等」は私の句作の原点です。四年前より文化教室の俳句の会で学んでいます。秋篠光広先生をはじめ、先輩諸氏にご指導いただくことは大きな励みとなっております。句作には悩み苦しみますが、句会に参加することは楽しみであり、生きる糧になっております。

この度は、小川晴子先生の特選を戴き『四季吟詠句集』に参加できることに深く感謝申し上げます。

名を記す寄進の瓦初明り

初鑼の仰天の値の鮪かな

バラモン凧ふるさとの音つれてくる

塗り剝げし祖母の箱膳女正月
薄氷に風の迷ひし跡のあり
囀や目覚めしものの数多あり
初蝶の翅を拡げて風を待つ
日のぬくみまとふ蓬を摘みにけり
引つ越しの満載の荷や山笑ふ
飛花落花自宅待機もはや三月
八十八夜農事暦の動きだす
田水張る田毎に映る豊後富士

風孕み村に久しき鯉幟

半世紀前は青年花は葉に

ででむしの雨の匂ひの目覚めかな

日照雨降る五月の風を光らせて

二〇二一年一一月号　上迫和海特選

間伸びする柱時計や目借時

病室の大玻璃染むる若葉影

田の多きこの里が好きつばくらめ

後退を知らぬ生き方蝸牛

少年のはにかむ目元四葩咲く

タッチプール掌に海星遊ばす
胡坐まだかけぬ少年青簾
カラフルな送迎バスや四葩咲く
ゆるやかにカウベル響く夏野かな
捕虫網振つて大空網の中
川蟬の切り岸にある砦かな
五十年阿吽の夫婦心天
整然と並ぶ黒靴初盆会
夕映えの空貸し切りの赤とんぼ

御神体信号待ちの里祭
飯盒のおこげ取り合ふ秋キャンプ
茅葺の古りし山門小鳥くる
優先席空席のまま秋夕焼
イケメンのラガーを気取りをる案山子
天空に続く棚田や金風忌
月代やかすかにきしむ舫ひ船
稲穂波一村つつむ大入日
山門に祈りの姿いぼむしり

組紐で織りなす余生後の月
唐臼の響く小鹿田の空小春
水樋に威儀を正して新豆腐
聞き上手話上手や猫じやらし
龍神の御座す磐座散紅葉
背に貼る懐炉一つや野良仕事
白菜の大はちまきの思案顔
がつしりと太腿で組むラガーマン
霜柱土の帽子を斜交ひに

不器用な女子先生毛糸編む
遺されて途方に暮るる冬の月
枇杷の花ひなびた里の登り窯
ガラスペンの硬き光沢寒に入る
寒灯や百戸に満たぬ漁師村
熱燗やふる里訛父と叔父
廃船の赤錆あらは冬ざるる
あめ色の母の物差し冬ぬくし
床の間のベビーシューズの春を待つ

特選句

木村マサ子

きむら・まさこ

略　歴　昭和四年三月一日大阪府に生まれる。平成七年宇多喜代子先生に俳句を学ぶ。一〇年「かつらぎ」入会。森田峠・純一郎主宰に師事。「かつらぎ」同人。

現住所　〒五三八―〇〇四二　大阪市鶴見区今津中四―五―二〇

花人の賑はひ遠く忠魂碑

二〇二二年七月号特選

◆特選句評――池田琴線女

忠魂碑は、河川敷や山辺などにその地の為に役立つことをした人を称える記念として立派に建っている。現代でも人々の目を曳きその時の様子を想い起こさせるものである。花見客の賑わう中で静かに建つ碑をみると思わず手を合わせたくなるものである。やはり石碑などは何処までも大切に残しておきたいものである。

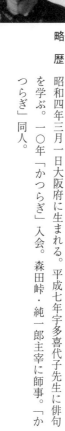

◆俳句と私

母は二〇二二年一〇月九三歳で亡くなりました。亡くなった後に『四季吟詠句集』のお手紙を頂きました。家族は俳句のことはあまりわかりませんが、「俳句四季」「かつらぎ」「俳壇」から母の句を探し、家族で好きな句を選びました。母は六三歳のときに膠原病と診断されました。ちょうどこの頃、女学校時代の友人に誘われ俳句を始めました。俳句の会に参加して友人もでき、句会や吟行の日を楽しみにしていました。母は持病ある身の心を癒してくれる俳句、良き師、良き友に感謝していますと書き残していました。俳句のおかげで母は充実した楽しい日々を過ごすことができました。生前はお世話になりありがとうございました。

雪渓の水汲みに出る駅舎かな

地球儀の北半球の春の塵

生身魂又もや禁酒解かれけり

難病と云ふ名を負ひて神農祭
ゴッホの黄ゴーギャンの赤草紅葉
夏蕨山襞深く摘みにけり
青嶺よりしかと木霊の返りけり
小春日や歩く度鳴る鍵の鈴
流木の焚火に耀を待ちにけり
これよりの自適の日日や更衣
これを着る人幸あれと春着縫ふ
冬支度身辺整理進めつつ

木村マサ子

這ひ這ひの初孫抱きて菖蒲の湯
夏座敷百年の生家かな
商ひは子にまかせども初戎
山の湯に星座を探す夜の秋
看取りたる日々を思ひぬ蒲団干す
暖かや水の都に画架並べ
法善寺路地抜けて待つ戎籠
一碧の空をつんと裂く鵙の声
何処より犬の遠吠え星凍つる

廃れ行くしきたりなれど小豆粥
雪解けの水以てコーヒー山の宿
一塊の残雪溶けず湖畔道
噴煙を上げつつ阿蘇の山眠る
高楼に立てば暮春の街灯る
水郷の空を飛び交ふ夏燕
烏賊釣の名人として島に老ゆ
一湾の闇をキャンバス揚花火
甦る戦の記憶夾竹桃

秋天へ結願の鐘響きけり

霊園へ暗峠越ゆる墓参かな

荒梅雨の天井川を満たしけり

遠ざかり行くは船笛海霧の海

凍港に出漁の灯の動きけり

二胡聴きて李白を思ふ良夜かな

名月の隈なく照らす水禍跡

死語となる言の葉増ゆる文化の日

見はるかす阿蘇の山脈草紅葉

首立つる一羽見張りか浮寝鳥

湯の滾る南部鉄瓶榾の宿

東風の波浮桟橋を軋ませる

枯れ果てし若草山に日遍し

花街の路地をさまよふ浮かれ猫

水郷の春を待ちゐる舟溜り

星月夜海は真珠を育みぬ

提灯の舞ひ揺れ軋む祭山車

樹木医の労ひの声老桜に

木村マサ子

宇宙飛行夢見る孫と粽食ぶ
病みがちな身とは言へども更衣
茅葺きの美山の里に桐咲けり
水郷の空を飛び交ふ夏燕
豪農の広き掘割花菖蒲
新涼や伊根の舟屋は波の上
怖づ怖づとマッチする子や庭花火
フィナーレはナイアガラてふ大花火
限りなき砂丘の空や秋気澄む

佐藤美智子

さとう・みちこ

略　歴　昭和一二年一二月六日群馬県に生まれる。昭和六二年「みつみね俳句会」入会。田川江道先生に師事。平成一四年「氷室」入会。金久美智子前主宰、尾池和夫主宰に師事。合同句集『つきよの』（文學の森）参加。俳人協会会員。

現住所　〒三七九―一三〇八　群馬県利根郡みなかみ町真庭二二八―七

特選句

大根より長き葉の丈きざみけり

二〇二一年二月号特選

◆特選句評――尾池和夫

日本には世界一大きな桜島大根、世界一長い守口大根などがあり、大根は食卓に欠かせません。葉には、根には全くないカロテンが多く、野菜からは摂りにくいビタミンEも豊富で、ビタミンCも根の数倍を含みます。根より長い葉を湯がき、流水で洗って絞ってきざみ、さらに固く絞り、ごま油で炒め、油が馴染んだら雑魚と胡麻を加え、火を強めてごま油で風味付けして雑魚炒めの完成です。

◆俳句と私

俳句との出会いは三五年前、地元の「みつみね句会」で俳句の初歩を学びました。家事・育児をやり繰りして集う楽しい時間でした。今も当時のメンバーと毎月句会を開いています。自然豊かな当地ですが、のんびりした暮しに慣れすぎてもいました。

平成一四年「氷室」に入会し、一気に広がった世界が新鮮でした。吟行や鍛練会など勉強の機会も多く、教科書で知るのみであった歴史や文化が生き生きと実在することに感動しました。現地でのレクチャーでは俳句以外の専門のお話も伺えて楽しく、これも俳縁と、夢中で続けてきた俳句に感謝しています。

「氷室」金久美智子前主宰、尾池和夫主宰はじめ、結社や句会の仲間に御礼申し上げます。

紙垂ほのと揺れたり年の改まる

庭に来る鳥へ幼なの御慶かな

三歳の気まま尊し初詣

春着なり「こども守」の鈴が鳴り
見馴れしは裏赤城なり梅一輪
凍返る草の根浮きてそこかしこ
芹の水ゆたか遺跡に炊ぎ跡
熊笹の根方ざわつく余寒かな
水温む影を真鯉の二尾かとも
吊橋の谷の高さよ春寒し
ほぐれゆく夜の匂ひあり春の雨
ひとしきり囃す果てかや春の雪

初蝶や野に荒くある岳の風
水あふれひろごる坂の花木五倍子
ポケットに石拾ふ子やあたたかし
鷹化して鳩となり児に追はれけり
神仏とともに祀りてのどけしや
春の川やがて大河へやがて海
初燕ダム放流の水けむり
牡丹の揺れどほしなり出城跡
喉反らせ水飲む鳥や若葉風

農道に水の溢るる田植時
柿若葉石のくぼみへ筧水
六月の草なびかせて丘暮れず
なだらかに磴ひろびろと苔の花
白山を指してみえざり梅雨深し
あぢさゐや母の好みは白き毬
老犬は小屋を忘れて扇風機
死は不意に人の寄り合ふ夏座敷
SLの汽笛遠のき夏花摘

昔日の暮し湖底に晩夏光
流木の乾きて白し夏の果
四阿の風に眠る児秋初め
新涼や芝にためらひなき筋目
草の穂や車堰とふ水車跡
秋天へ鳶は気流の山上湖
いなつるび河岸段丘まざまざと
風に雲流るる迅さ蕎麦の花
石ひとつ懸橋として水澄めり

小鳥来る天文台を越えて来る
水音の在り処知らねど野路の秋
見通し良き宿場街道秋の風
日と風の適うて茸干し上がる
風止むと出勤前の栗拾ひ
気まぐれに入り膝まで露葎
柿紅葉一夜の湿りありにけり
大泣きは今日の我慢よ夜寒の子
立冬や山々に日の行き渡り

佐藤美智子

波郷忌の風や高みの莢の鳴る

凩や軽くなりたる雑木山

家族多き日の表札や花八手

潰えゆく蔵の日月冬桜

雪虫にならば仔細を語りたし

買ひし絵を抱き師走の片隅に

谷川岳けふ荒れてをり根深汁

不凍栓締むる手応へ冬銀河

大雪の音なき朝を深眠り

塩田修三

しおだ・しゅうぞう

略　歴　昭和一六年一〇月一九日新潟県に生まれる。平成一六年NHK学園俳句講座を受講し句作をはじめる。二一年「夢」（前田吐実男主宰）入会同人、二九年退会。二七年「森」（森野稔主宰）入会、三〇年同人。二五年句集『越後雪賦』上梓。『平成俳人大全書』『四季吟詠句集』30に参加。

現住所　〒三三九―〇〇二一　埼玉県さいたま市岩槻区末田一八四一―一四

特選句

ひとつぶがしつかり見ゆる大夕立

二〇二二年一一月号特選

◆特選句評――山本鬼之介

世界的に大規模な気象変動が起きているようで、その一つが、昔から日本の夏の潤いの一つであった「夕立」ではないかと思う。思い返せば、「であった」と言うほどここ数年来定期的な夕立がない。作者は、久方ぶりにバケツの水をぶちまけたような、物凄い夕立に遭遇した。困りながらも耳で雨音を捉え、眼にその姿を焼き付け、「これぞ夕立なり」と会心の笑みを浮かべたのである。

◆俳句と私

二〇一五年五月号「四季吟詠」への初投句の〝冬耕や雲を篩の照り曇り〟で故星野光二先生より特選をいただいた。以来八年にわたり継続投句し、その間佳作五十五句、秀逸三十句、特選が今回により二句目となった。今回掲載の五十七句は『四季吟詠句集』30以降の「四季吟詠」掲載句より抄出したものを中心にまとめたものである。定年退職後セカンドキャリアの業務が精神的にも時間的にも余裕の持てるものであったので、若い頃より興味のあった俳句をNHK学園俳句講座を受講して詠みはじめた。以来二十年、六十歳という遅くはじめた私にとって、投句し俳誌に掲載されるという評価を得ることが、作句意欲の継続につながったものと思えている。

うす雲の初日に添ふや空無限

綿飴の頰にはりつく初詣

這ひ這ひにお膳持ち上ぐお正月

墨の香に朝日の届く二日かな
うたた寝の腕のしびれや三日過ぐ
春めくや鍬にくさびを打ちすゑて
春暁に夢の書き付け探しをり
初音聞くしばし箒をとどめおき
風の丘こぼるるままに雪柳
空見上げ泣きだす方が合格子
野球部に入りしと髪を切る四月
目刺焼けたぞ湯呑茶碗と一升瓶

鼓笛隊武蔵野に春舞ひをり来
咲き満ちて所在をあかす山桜
農協に残る村の名暮の春
農燦燦代田の水に深き色
農捨てし漢よ酔ひて田植唄
初夏の太陽子等におもふさま
軽鳧の子のたしか昨日は五羽のはず
水かぶる象の一声梅雨明ける
青鬼灯仲見世裏を提げ帰る

たんこぶのゴールキーパー夏来る
蚊を打つにこんなに力いらぬ筈
金婚の妻は戦友どぜう鍋
迂闊にも蛇握りしむ蔵のなか
打ち水の道目礼し通り抜け
吊革のひとつは逆に揺れて夏
黙読のいつしか声となる大暑
夜の秋ぜんまい時計刻を打つ
秋風や五指の靴下ままならず

塩田修三

うまいから喰つてみろよと落ちし梨
炎立ち影もくれなゐ曼珠沙華
達者との文添へ秋刀魚とどきけり
ほろ酔ひが先に台詞を村芝居
幼児の手足ちらかしばつた追ふ
まならうの友よ彼の世も満月か
椋鳥の群重なりて戻り来ぬ
客帰り馬追のまた鳴きはじむ
ひとつ灯に家族みんなの寄りて秋

そぞろ寒すり寄る猫に藁の屑
地方紙のコラムに友と大大根
むしる葉を束子替はりに大根引
紗希さんの句が壁にありおでん酒
秩父青石ここは狼消えし山
抱きあげて母乳の匂ふちゃんちゃんこ
利き猪口でうける古井の寒造
何もせぬ一日湯豆腐掬ひをり
青天に深き一点白鳥来

塩田修三

高嶺より冬水平に降りて来し
猪鍋を食ひに来ぬかと山便り
妻のみに言へるわがまま十二月
追伸に今初雪とにじむ文字
新雪を頬ばつてなほ満たされず
百年の丸太の梁や雪匂ふ
雪積る角のあるものみな丸く
農家五戸一戸離れて雪野原
凍み渡り校庭までの一直線

鈴木　隆

すずき・たかし

略　歴　昭和二三年三月八日宮城県に生まれる。平成二八年NHK文化センター仙台教室「現代俳句講座」入会。渡辺誠一郎先生の指導を受け、現在に至る。第六七回松島芭蕉祭並びに全国俳句大会にて特選。「小熊座」句友。

現住所　〒九八〇―〇八〇一　宮城県仙台市太白区八木山本町二丁目一九番二号

銀蠅がわが新宅を寿げり

二〇二二年一〇月号特選

特選句

◆特選句評――渡辺誠一郎

新しい家を求めて住む時の喜びは格別だ。まさに新しい人生が始まるような気持になる。かつては新築祝いや引っ越し祝いの風習もあったが、今やあまり見られなくなった。特に都会では隣同士の付き合いが希薄になった。掲句では「銀蠅」が姿を見せる。それを作者は、祝いに現れたと思う。作者の眼差しは優しくも暖かい。人柄の一端が滲み出ている。俳諧味もある。

◆俳句と私

幼年時代の私は、自然は大方天与そのままのものと思っていました。自然＝天然という事がまだまだ通用した時代でした。しかし今では、人間の過剰な行為や自然保全の不備、戦争、災害等により、緑は狭まり生物の多様性は侵害され、地球の気候までもが変えられている事が日々明らかになっています。

そうした自然環境の危機的状況や社会変化の中で、俳句は様を変えつつも変わらぬ芯の芯を持ち続けています。その芯を燃やし続けているものが生命感情か生活感情か社会感情なのか模索しながら苦吟しているのが現今の私です。

渡辺誠一郎先生のもとで俳句を始めて六年半ほどですがまだまだ中途であり、当句集を機に心を新たにして精進したいと思います。

無限なる生殖の宴山桜

参道に坐せば夏鳥叫びけり

畦土手の鬼百合が曳く祖霊かな

山神の結界たらむ鳥兜

ひそひそは秋の童話の一頁

秋の日の義侠の残影健の背

猪の不遜なる目帰還困難区

北風激し子平の眼窩鉄となり

春眠し河馬の時間に入り込む

入院す春の星座の真向いに

割り箸がくるくる回る春の膳

宸翰を胸に容保朧月

鈴木　隆

糸電話向う側には花の精
現世とは愛、憂い、痛み、万緑
海底にランプのような海鞘沈む
若沖の白象でいたし夏十夜
阿弖流為の青筋よぎる稲光
轡虫誓いたてたる夜騒ぐ
初雪や指にふれればちさき熱
どんとの火ぼうぼう頬を分厚くし
冬の夕千の樹影を踏みのぼる

春疾風傍若無人に愛が来る
二〇一九年七月号　渡辺誠一郎特選

レコードの渦にたゆたう春の昼

くろぐろと幹に宿れる花の魂

肉筆は日焼け染みだらけの賢治
二〇一九年一〇月号　渡辺誠一郎特選

ぎすの触覚終末時計の針のごと

鈴虫の鳴きて浄界夜の隅

恐竜のなれのはてなる小鳥来る

観るほどにわが血澄みゆく紅葉かな

練馬大根小銃ほどの重さかな

春の雨濡るとはじかに生くること

湯煙の子規の碑囲む蕗の薹

感染爆発蝶の折紙折り続け

二〇二〇年一〇月号　渡辺誠一郎特選

夕立や虎の縦縞揺動す

限りなき祈りの黴銀杏落葉

雪原の遥かな杭が幽明境

沢わさび清流舌をつらぬけり

春風に網して妖精捕えたし

アマビエがますます可愛春深し

白日に紛れる闇や桜草
数のみで語られる死者疫の春
青春は三角形なり日輪草
地と頬を打ち浄めたり大驟雨
竜宮は死角にありや秋の夜
秋澄むやウイルス・セシウム見えてくる
政宗の右眼に宿る鷹孔雀
クリスマスクリームパンと民主主義
明か明かと泥の靴跡どんと祭

仙郷に眠れる熊と火酒の樽
竈神が熾す詩魂や鬼房忌
春眠しアリスの穴を真っ逆さま
頬中に春を転がすささら飴
麦秋や殲滅のことばさめやらず
はんざきは例えば巨きな赤ん坊
にんげんは曲線だらけ地虫鳴く
闇よりの民草の声虫の声
清秋や餓死萬霊等供養塔

鷲見芳子

すみ・よしこ

略　歴　昭和四年三月一九日岐阜県に生まれる。昭和六三年「桷会」小鷹奇龍子先生に師事。平成三年「青樹」入会。平成一一年青樹賞入賞。句集『曲水』『四季吟詠句集』20、34、37。

現住所　〒五〇一－一一五二　岐阜県岐阜市又丸六七一－一

特選句

むらさきに暮るる鵜飼の踊り舟

二〇二二年九月号特選

◆特選句評――山本比呂也

作者は岐阜市在住の方、長良川の鵜飼をよく見られたことであろう。今年も五月十一日から始まったかと思うが、さて、この句の眼目は「むらさきに暮るる」の書き出しである。その日の鵜飼の始まりは日が暮れてからであり、夕焼空が紫色に染まる頃である。その情景の中に浮かぶ「鵜飼の踊り舟」を「むらさきに暮るる」と詠まれたのである。鵜舟の舳先の篝火と踊り舟が目に浮かぶ一句。

◆俳句と私

この度は山本比呂也先生に特選を賜り、厚く御礼申し上げます。

山国の岐阜に生まれ育った私は、山の四季の移ろい、清流長良川を眺めてきました。

岐阜県で作った句を御紹介します。

句会に行って勉強した時代、作句のため多くのドライブ旅行も沢山いたしました。

令和三年八月には、娘水野香代子さんが、私から届いた句を集めて「俳句を友に」と表紙に書いた本にして送っていただきました。私は嬉しくて感涙しました。

これからの余生（九十四歳）、「俳句を友に」して楽しく送ります。

風末だ尖りたるまま梅ひらく

天神の臥牛の像に梅走る

遠伊吹茜にそめて冬の鷺

鷺たちて暮雪に翅音残りたる
雪嶺の光を返す飛騨の町
吹雪く夜は円空仏の影細り
明王の忿怒の剣も冴え返える
風唸る枯野昏れゆく古戦場
竜天にちちははの恩誕生日
あやとりの幼なき頃の糸の色
国取りの城押し上げて芽吹山
山幾重総身纏う若葉風

鷲見芳子

山百合の風にやさしく一花揺れ

麦秋の落日のいろ風の色

岐阜蝶の浮化して名和昆虫館

はるかなる花雲に浮く一夜城

鐘楼へ石楠花の紅ほとばしる

奥宮へ百の急磴苔の花

湧き水を打水にして飛騨格子

滴たりの山を写してダム湖かな

尽きるまで光の螢の水あかり

夏のれん撥ねて紬の女かな
おはじきの弾ける音の涼しかり
城山の椎の木緑雨したたらす
苗木城望む木蔭の夏手前
美濃青山円空仏の笑みに会う
老鶯の一声山の華やげり
夏牧場産まれてすぐに立つ仔牛
友釣りの鮎谿の色姿焼
海へ急ぐ川ひとすじに下り鮎

火の消えて鵜縄を解きて鵜飼果つ
下駄鳴らし風切って盆踊り郡上
せせらぎに亀遊ばせて夏休み
干し上がる糸瓜の網目風の息
籠大仏囲む羅漢に秋思満つ
秋川の瀬音離るる雨情の碑
澄みに澄む針魚の動く池の底
白山のかぶさる如し大花野
菊大輪百余を支え盛り吹く

たましいの静かに宿る菊人形
からくり人形山車並ぶ秋まつり
雪卍旅の終りの絵ろうそく
冬川の十歩離れて雨情の碑
金華の古城月に映え粲粲
山合いの一戸の明かり蕎麦の花
湯煙の露天風呂雪のいで湯町
香に酔うて白川郷のどぶろく祭
朝市の戸板の端の通草の実

陽を誘い入れ軒下の柿すだれ
牡丹鍋からだの芯の温もれり
吹雪く夜は円空仏の影細り
満願寺銅板の鯉撫でて雪
お見舞の四ツ葉のクローバーオルゴール
山茶花の花咲くほどに夫の忌近し
夕千鳥啼くふるさとの山と川
二〇〇五年一月号　長谷川久々子特選
帰省子の鴨居をくぐるほど育ち
二〇一九年七月号　加藤耕子特選
山深く水ひびき合い花辛夷

徳田紫紋

とくだ・しもん

略　歴　本名・徳田好美。昭和二二年七月五日兵庫県に生まれる。平成一七年「田鶴」入会。平成二二年「ひいらぎ」入会。日本伝統俳句協会会員。俳人協会会員。大阪俳人クラブ会員。句碑二基建立。『四季吟詠句集』、その他多数参加。令和四年度「ともしびの賞」を受賞。

現住所　〒六七一―二二〇一　兵庫県宍粟市千種町千草七一二―三

特選句

万象を平らに均し雪の原

二〇二二年七月号特選

◆特選句評――水田むつみ

作者在住の宍粟市は兵庫県の中でも最も雪の多い地方と称される。ちらちらと降って屋根や庭に積もる雪景色は美しい。「万象を平らに」の措辞のように、降り続く時間が長く、雪の量が多ければ全てを呑み込み、真っ平の雪一色の景が生まれる。宍粟市在住を知るとその恐怖もおのずと知れる。美しいとばかりは言っておれない。日々暮している者にはその万象の雪の中には恐怖心も含まれているのではないだろうか。

◆俳句と私

私の住んでいる千種町は、今年は思いも寄らぬ豪雪となり、新年早々大変でした。しかし、芽吹くころより、山紫水明の地の織りなす力を発揮して四季おりおりの自然の美しさを醸し出す句種の宝庫に住んでいます。

素晴らしい師との出会い、又、俳縁によって、出会う皆様より人生の過ごし方、すべて学ぶことばかりです。今は俳句の魅力と出会い、魅力と創造力に浸かっています。

年を重ねて時の大切さを知りました。

なかなか上達はしませんが、師の教えに一歩でも近づくように精進して参ります。

今回特選を賜りました水田むつみ先生に深く感謝申し上げます。

初暦インクの匂ふ小さき部屋

玉砂利の音で清める年男

木の実独楽昭和の音の蘇り

紅梅や陣屋町筋人目ひく
工房の雛は魂を吹き込まる
芥子雛烏帽子の傾ぐ亭午かな
清冽の汀の妍や水芭蕉
土筆摘む背ナに雲間の陽のそそる
どの山もしとど濡らして若葉雨
廃校の錆の匂ひや緑雨
苔むすも宮の大樹は蟬の宿
紙魚はしる父の遺愛の布鞄

徳田紫紋

水馬や雲のりかへて遠出する
遊ぶ風青田の面を掠めゆく
渉禽の青田に白い長き首
稲穂梳く穏やかなりし神の風
染め抜きの暖簾を割りし花の風
糸桜風に縺れて風に解く
ころころと笑ふ嬰きて花の昼
ぽつねんと春の門外す里
銀輪の巻き上げて行く花の屑

花散つて無聊はじまる園の昼
薄暑旅京の仏を辿りゆく
寂びさびて夏苔まとふ無縁墓
草いきれ靴で倒して行者径
集落の灯りを増やす盆提灯
どかどかとガリバーの靴夏休み
夏の山空水筒の背ナで揺れ
腕白も父と呼ばれて庭花火
千の風千の音色や寺風鈴

徳田紫紋

生け贄になりし物あり蟻の群れ

蟬穴の暗さを覗く好奇心

兄弟の釣果の自慢鱧を焼く

帆船の柱の狭間夏の星

千枚田それぞれ宿す天の川

蒲団干し陽を裏返す音のあり

ふんはりと至福を包む干布団

母訪ひしこの道今は彼岸花

山の端に今日をたたみし大夕焼

廃校に大きな月の黙つくる
引く波に漂ふ月の欠片かな
風人の手に触れてゐる初紅葉
水底の石に貼り付く冬日射し
足跡は女の歩幅霜の朝
触れる物吸ひ付くやうな冬の朝
座りだこなだめて法話冬の堂
海光や三筋の筏育つ牡蠣
寄せ墓のあるやも知れぬ落葉嵩

徳田紫紋

鳥語降る村の抜け道草紅葉
母のこと語りたくなる小夜時雨
みくまりの一瀑細り山眠る
たたら跡ぬた場となりて山眠る
涸れ川に石は仏の貌をして
能面の息吹き返す寒月光
どの雲も北に流れて朝《あした》雪
此のあたり我が句碑ありし雪五尺
しんしんと雪積む里は深き黙

中島　保

なかしま・たもつ

略歴　昭和二三年七月一二日兵庫県に生まれる。平成二三年「城下町句会」入会。二七年俳人協会会員。二九年姫路市立城巽公民館俳句講師。令和元年兵庫県西播俳人協会理事。同二年句碑建立。三年姫路市立すこやかセンター俳句講師。第二〇回毎日俳句大賞他。『平成俳人大全書』『現代俳句精鋭選集』14、『四季吟詠句集』30、34に参加。

特選句

にはたづみ小さき月を抱きをり

二〇二二年一月号特選

◆特選句評――水田むつみ

日本人にとって、特に俳人にとっては月ほど心を掻き立てるものはない。月だけで詠めるのは秋だけ。初月から始まり名のある月を愛で、十五夜、十六夜と宵闇まで心豊かに月と過ごすことが出来る。作者は句会の帰りだろうか。運悪く月見の句会も雨だったのかもしれない。雨も上がり、帰り道に見た「にはたづみ」の煌々と輝く小さな月にすっかり心奪われている作者。

◆俳句と私

俳句道を進んでおりますと他の芸術との共通点を発見できることが多々あります。特に俳句と書から共通して感じることは、「余白の美」です。鑑賞する人に余白にある美をどのように伝えるか、想像させるか等、限られた世界をどのように表現していくかという醍醐味が共通した魅力です。

今後は、俳句を他の芸術とどう融合させていくかを課題に俳句道を究めていきたいと思っています。

この度の、水田むつみ先生の特選を賜り『四季吟詠句集』37に参加させて頂き、誠にありがとうございます。また日頃よりご指導頂いております松岡洋巨《ひろみ》先生（元「黄鐘」同人）に深く感謝申し上げます。

青空へ飛び散るやうに猫柳

薄氷を宝のやうに抱く子かな

摘草を終へて日暮を待ちにけり

新しき靴ひも結び卒業す
先生も卒業生の輪の中へ
花の下電車ごつこに日の暮るる
青天へ白を打ち出す花辛夷
花筏さ迷ひながら海に出づ
去る人に手を振るやうな花こぶし
なごやかな花筵にもある上座
花吹雪あびて出発縄電車
回り道しても待ち伏せ春の星

中島　保

狼藉を働くやうに花の雨

昨日に勝る朝の桜かな

新緑や雨と言ふ日を楽しめり

夏袴背をきりりと舞ひにけり

ひそやかな翅音を蔵し七変化

昼間より大胆に脱ぐ竹の皮

雨あがりここぞとばかり梅雨の蝶

しつぽ捨て一目散に青とかげ

祖母と来て赤を選びしかき氷

限りある命の叫び蟬しぐれ
噴水の終はりし後のあぶくかな
夕焼を抱き込むやうに日本海
さよならの鈴の音清し白日傘
自らの影を踏みつつ炎天下
思ひ出を一つ消しゆく遠花火
地獄湯を巡る夫婦や星月夜
出航の後追ふやうに赤蜻蛉
切り株に腰掛け語る良夜かな

この指に止まるも自由赤蜻蛉
夕月と影を連れ行く山路かな
よちよちも一役買つて村芝居
一礼の影遠ざかる秋遍路
彼岸花海へ傾れる棚田かな
身に入むや朽ちし仁王の立ち姿
後ろより急かせるやうに初時雨
軒下に割木の覗く冬の宿
誰も皆背中を向ける焚火かな

あの世まで行きさうになる日向ぼこ

遠き日の夢をたぐるや冬帽子

湯の街を染めて行くなり冬茜

寒夕焼人気も見えぬ観覧車

寄り道の遊び心や年の市

しやがみこみじつと値踏みの年の市

足跡に童とわかる雪の朝

生き様をきりりと見せし寒椿

探梅の径を違へて海に出る

中島　保

逸速く紅を押し出す寒椿

恵方へとめでたき嬰の転び癖

新年と言ふ言の葉に力あり

句を一句記して終へる初日記

幼子と半紙並べて筆始

太き文字居直るやうに箸袋

師匠よりおきばりやすと初稽古

頭を一つ撫でられもらふお年玉

一湾をならすが如く初日出

西谷内外志枝

にしやち・としえ

略　歴　昭和三六年五月四日石川県に生まれる。平成三〇年「架け橋」（二ノ宮一雄主宰）入会。令和二年第六回架け橋賞優秀賞受賞。二年五月「四季吟詠」特選。四年二月「四季吟詠」特選。五年第八回架け橋賞受賞。

現住所　〒九二一－八〇一五　石川県金沢市東力四丁目九八番地南ハウス二号

特選句

けふの日の雲を流して原爆忌

二〇二二年二月号特選

◆特選句評――二ノ宮一雄

「けふの日の雲を流して」は理屈で見れば当たり前のことだろう。が、決してそうではない。今日という日を無事に迎えられたのはいつ何が起こるかもしれないこの世界において大変な僥倖なのである。作者は例えば病身などで日々、自身の命と切実に対峙しているのだろう。そうでなければこの措辞は生まれてこない。一句はその措辞と「原爆忌」が照応して普遍性を得ている。

◆俳句と私

此の度は二ノ宮一雄先生の特選を賜り、また『四季吟詠句集』に参加させて頂きます事を大変嬉しく思っております。私の俳句との出会いは知人から頂いた俳句小歳時記でした。歳時記には季語の説明文が多く書かれており、私は俳句に興味を持ちました。さっそく二ノ宮一雄主宰の「架け橋」に入会し、俳句を基礎から学び五年の月日が流れました。先生には感謝の思いで一杯です。初心を忘れずをモットーに、これからも二ノ宮一雄先生の御指導の下精進して行く所存です。

雲流れ時流れをり彼岸花
二〇二〇年五月号　二ノ宮一雄特選

長靴の土の重みや蕗の薹

子の病む日池のほとりの秋螢

水中花コップに入れて一人かな
冬の日の晴れても重き日本海
秋冷の光芒となり海の声
晩秋や風吹く中に野道あり
花芒風吹き渡り牛舎あり
晩秋や岩を伝はる山の音
秋深し一雨ごとの山の色
立秋の風ひと筋に吹きにけり
冬桜見えては隠れ風の中

西谷内外志枝

地を這ひて見ゆる限りの冬の風

風花や嫁ぎゆく子の綿帽子

花冷えの一雨の草匂ひけり

夕暮れに飛び立つ燕雨の音

日の落ちて綿虫青き色となり

古里や雪割草の一つ咲き

芽柳の垂れる夜空や星の影

吾子の髪煌めく風の五月晴

しめやかに降る春雨の中にをり

山水の煌めく中に薄暑あり
噴水の吾子の歓声眺めをり
色々な色に風吹き百日草
桔梗の粒光り合ふ雨の中
山頂の星の流れて秋の夜
向日葵の空輝けり吾子の声
冬の月研ぎ澄まされて水の上
雪女来たりて母の事語る
花冷えや遠くきらりと船一つ

雲影の荒地に野菊密集し
山肌の深みゆく色黍嵐
机にはポインセチアとペン一つ
静けさに一つ二つと除夜の鐘
残雪のカーブミラーに映りをり
芽柳の風流れをり友を待つ
晩春や机に向かふペンの先
千年の時流れをり苔の花
千枚田一つ一つの田植かな

白雲に鳥の声せり山清水
沙羅の花ぽとりぽとりと重き雨
夜なべして絡まる毛糸解きをり
あかあかと一人一人の枯野かな
書初の墨たつぷりとしじまかな
酒提げて除雪の人に頼みをり
極寒の中に大木ありにけり
花曇り大きく見ゆるランドセル
カーテンの端まで引いて花一つ

風邪心地音なき壁を見つめをり
初時雨一樹の蔭の静けさに
産声や待合室の夏の夜
鐘の音の一つ一つの根雪かな
ベビーカー寄せて見渡す芝桜
瓶の中眺めてゐたるラムネかな
夜釣かな一つ二つと舟がゆく
水車小屋雲を流して冬に入る
丁寧に雪の積もるは遠き山

橋本和佳子

はしもと・わかこ

略　歴　昭和一五年一二月六日兵庫県に生まれる。平成二二年「城下町句会」入会、松岡洋巨先生に師事。平成二九年「俳句学び塾」入会、中島保先生に師事。令和三年三月号より「俳句四季」に投句。

現住所　〒六七一－〇二〇七　兵庫県姫路市飾東町山崎五四四

特選句

赤い靴はいて白髪の夏帽子

二〇二二年一一月号特選

◆特選句評——森田純一郎

印象明瞭な句である。まず、色彩感が読者に伝わって来る。上五に足元の赤、中七に頭の白、そして下五に色自体を言ってはいないが、青をイメージさせる夏帽子と赤白青のトリコロールを詠み込んでいる。そして、白髪というからには高齢のおそらくは女性を詠んだ句だと思うが、暑い夏の日にお洒落をしてウィンドーショッピングをする若々しい様子を想像する。気持ちの良い夏の句である。

◆俳句と私

恩師である松岡洋巨先生との出会いは、初めて見学した句会に遡る。先生の鋭くもユーモアのある句会に魅了され即入会した。初めての月報に活字として載ったのは「ときめきの一つ終はりて春の雷」だ。拙い句でも私にとって忘れられない一句となった。先生にも恵まれ句友にも恵まれ充実した俳句生活であったがいつしかスランプに落ち入り悩んでいた。

そんな時、思いがけず森田純一郎先生の特選を頂き驚きと感激と共に、もう一度諦めることなく頑張ろうという思いが湧いてきた。

目にするもの感じるものを題材に句を作りながら豊かな老後を送りたい。

人生の最終章を飾って頂き喜びと感謝でいっぱいだ。

薄氷の覆ふ河面に朝日射す

竹藪の陰に零るる初音かな

腐葉土を押し上げ覗く蕗の薹

落つるほど身を乗り出せる燕の子
五分咲きの花に陣取る筵かな
色褪せし雛の語る歴史かな
漣や川上り行く春の風
藍よりも濃く染め上げし四葩かな
思ひ出も捨てて出直し更衣
行くあてもなくて蚯蚓の一休み
田植機も傘さして行く昼下がり
なめくぢり道を斜めに梵字かく

蛃の陣抜けて未だ来る次の陣
涼風を置きて郵便素通りし
薄翅も広げ飛び立つ天道虫
絵日傘や大正ロマン街を行く
蟠り解けて居間より百合匂ふ
画布に水滲むが如く田水張る
大夕立土の匂ひを連れ来たり
青田風すれ違ひたる白き杖
青葉風心の闇を攫つてく

明けやらぬ空に色置く百日紅
野に咲ける朝顔のみな青かりき
百選の水汲む今朝の白露かな
酒蔵の利酒に酔ふ秋の旅
露の玉落つるがごとし今日の通夜
棚引ける霧とかしゆく朝日かな
空に穴あきたるごとく今日の月
名月を独り占めして丑の刻
十六夜の月を攫ふや雲の波

気まづさの仲を取り持つ望の月
小鳥来て図鑑片手に目を凝らす
信濃路や穂高は遠く秋の雨
さざ波の一つひとつに秋入日
躓きも一歩に代へて竹の春
蹲踞の水面に映る照紅葉
暫くは生きていたしと地虫鳴く
お茶席の衣ずれの音秋袷
むらさきの連山遠く夏至の雨

匂ひ立つ女杜氏やにごり酒
風紋の流れに遊ぶ木の葉舟
捨てられし大根に花の蘇へり
大浪に身を任せをり番鴨
ぷくと浮き潜りて鳰の一日かな
冬ざるる絹糸のやうな雨の降る
寒風の中を会釈の知らぬ人
干布団陽を閉ぢ込めし匂ひかな
白樺の幹に貼りたる熊注意

閑かなる川面にぷくと鳰一羽
年の瀬や喪中葉書のまた一つ
一輪の花の明かりや寒椿
枯葎うちに秘めたる息吹かな
薄氷の覆ふ河面の朝日かな
十二月石ころ蹴つてけりをつけ
髪切りて一歩踏み出す女正月
父と子や掛け声響く初稽古
わだかまり流ひ流して初湯かな

早川たから

はやかわ・たから

略歴　本名・早川寶。昭和二三年一月一日宮崎県に生まれる。平成一七年句作開始。岩切雅人「青銅通信」、布施伊夜子「椎の実」所属、同人。NHK及び角川全国大会正木ゆう子氏同時特選。県大会最優秀作品賞、特選数回。宮崎文学賞一席。「青銅通信」ブロンズ賞。現代俳句協会宮崎県支部及び俳人協会会員。

現住所　〒八八〇―〇九四一　宮崎県宮崎市北川内町円光明六三三六―七

特選句

蟷螂が蟷螂喰らふ乾る音

二〇二一年二月号特選

◆特選句評――浅井愼平

理論上では、地球という惑星は轟々と音を立てて回っている。そこではさまざまな営みがあり、時に静寂の中にある不思議。

カマキリは生殖の後、雌は雄を食べるらしい。その時、かすかな音がする。作者はこの厳粛な生と死の営みの音を言葉に残した。その瞬間、乾る音は世界を覆った。ぼくは驚き、雲ひとつない空を見上げ、音を捜した。

◆俳句と私

「俳句は私の詩」との師の唱える信条の元、五十七歳より作句を始めた。俳句とは「私」を意識表現することに他ならず、「私の詩」とはまさにそのことに違いない。表現の拙さはさておき、恥を恐れず、失敗の積み重ねの先にその実体感がありそうだ。謙虚も大切だが自信も大事。十七文字の座の文学を楽しめばいいと思う。

かの金子兜太氏が「写実」について、写実表現の深いところに「曖昧」さを詠むのが大事なのだということを読んだことがある。厄介で深淵である。また正木ゆう子氏に会った時、現在を直視し詠まなくちゃとおっしゃった。それ以来頑張って、時々溺れかけながら、十七年間濁世を泳いでいる。

海の日や「静かの海」に海はなし
二〇二二年九月号　高橋将夫特選

おぼろ夜の一切妻に非公開

春の風妻に背鰭のありしころ

舟着きてざばりと担ぐ浅蜊籠
月面に今も足跡青き踏む
崖路きて古稀のふぐりに春の風
老いの春この先渡る橋いくつ
竜天に登り宇宙の穴に入る
山笑ふわが青春のビートルズ
「ねえ」と言ひねだる口づけ猫の妻
クレヨンの雲は春から夏へ白
青島奇岩蟹かつかつと兜太の碑

早川たから

起し絵の波にサーファー隠れけり

サーファーの君は人魚のままの妻

あめんぼう雨粒当たりさうもなく

胡瓜揉む痛いところはないですか

小雨きて除染未だし余花の森

ノンポリもアプレも死語に昭和の日

ゴールデンウィーク雲にでも乗るか

桐箱の臍はミイラに子どもの日

若き鮎一跳ねごとに宙を知り

鮎掛の川につくづく父あらず
四分音符八分音符と滴れり
鬼百合の墓地を抜ければ日向灘
はまひるがほ浪の置砂やはらかし
矢尽きれば帰れ娘よ父の日に
字余りの人生もよしパセリ嚙む
八月やダッグアウトの千羽鶴
人を捨て海月になつてみたものの
雷雲せまる橋脚打音検査かな

早川たから

佞武多祭関羽の髭の迫りくる
精霊舟大和座りの送り出し
原発の見ゆる高きに登りけり
白球の縫目際立つ子規忌かな
無花果を干しぬペルシャの恋の味
鋼鉄都市真只中に稲を刈る
ひよんの実に楽しさうなる口ひとつ
ひよん吹けば家の中にも森の径
愛しけやし神住む山に猪を喰ひ

敬老日似合ふレノンの丸眼鏡
矢切から野菊の墓へ十三夜
セシウムの紅葉の森に銀の雨
女陰枯る寒き渋谷の叫ぶ顔
ラプソディーインブルー街冬ざるる
万象枯れ男女の性の捨てどころ
地に核塵海にプラ塵レノンの忌
時雨きてモアイの深き目に泪
木枯のゆく親不孝通りかな

早川たから

ゲバ棒とデモの青春木の葉髪

夜神楽の鬼に注がせるかつぽ酒

寒鯉の朝日呑み込む百の口

シャガールの青と思ひぬ竜の玉

いささかの逡巡もなく初日出づ

去年今年棒になるやもならぬやも

どこからが恋なんだらう初電話

あきらめぬあきらめるなとどんどの火

サッチモのサニーサイドや春はそこ

福田淑子

ふくだ・よしこ

略　歴　一九五〇年東京都に生まれる。二〇一七年より「花林花」句会同人。二〇二一年より俳句誌「架け橋」会員。二〇〇七年短歌「孤独なる球体」（大西民子賞）。二〇一六年歌集『ショパンの孤独』。二〇一八年文学教育評論集『文学は教育を変えられるか』。二〇二一年評論「ナルシシズムを超えて――短歌と俳句考」（日本詩歌句随筆評論協会評論部門優秀賞）。

現住所　〒一六五―〇〇三二　東京都中野区鷺宮四―一九―一

特選句

青檸檬熱のある掌に握りたり

二〇二二年一月号特選

◆特選句評――鈴木しげを

檸檬は秋季であるが青檸檬であるから季語としては青柚や青橙のように夏季になろうか。レモンの木は最近では日当たりのよい庭や鉢植えにして室内に置いて緑をたのしむ。レモンの木に二つ三つと実を結ぶのを見るのはなんともうれしいものだ。揚句は風邪でも引いたのか家籠りを強いられたのだろう。熱っぽい手のひらに青のレモンの実の冷たさが心地よく感じられる。自愛の句である。

◆俳句と私

歌人として日々短歌を詠みながら、俳句の世界に迷い込んだ。俳句は季語を要し、短歌の下二句がない。もはや感情を入れ込む余地のない寡黙な詩形。饒舌を押えて黙す。自然に身を置き言葉を削る。無心に近づけるだろうか。今後とも作句の惰性に流れず自作を模倣することなく、守破離の心で作句していきたい。

待つことは祈りに似たり初明り

寒椿固きつぼみのまま紅く

春浅し降り注ぐもの土に入る

山桜一枝挿して魔界へと
雛一対秘めごとつひにあばかれず
薄雲の剝がれゆくかに花吹雪
二〇二一年一〇月号　二ノ宮一雄特選
花冷えに戦火のニュース流れ来る
花散るや万人の死はひとりの死
北方の濃き闇に置く花篝
水草生ふ妙正寺川影走る
新しき卒塔婆ありて白椿
寝ころべば骨埋まりて草青む

蔓薔薇の伸びてゆく先虚空なり
青葉風盲導犬の眼《まなこ》閉づ
背丈ほど深き根をはる立葵
雨蛙絶滅危惧や低姿勢
荒川を渡る車窓の走り梅雨
こぼれくる直前の雨夏匂ふ
紫陽花や運命はみな数奇なり
雨粒の光のせをり夏の草
寄る辺なくどこまでもあを夏の海

地に埋むくれなゐの色デイゴ咲く
夏の海憤怒のかたちに雲湧きぬ
海風のはるかよりくる夏の島
エイサーを踊る少年日の盛り
久高島炎昼戸口にハブ眠る
巨星堕つ辺野古の海の晩夏光
蟬時雨この世に遺すものいくつ
天の川方位揃へて群れイルカ
神妙に子の振る茶筅初紅葉

福田淑子

草の花しばし売地を塒とす
野の中の命いただく薬狩り
秋霖や屋根ある暮らしに足るを知る
ざわめきて森ひとつなる野分前
野分去り天は祝ひの茜雲
東慶寺庭師の無骨な手に野菊
爪立てて結界となる彼岸花
遥かなる宇宙の果てに菊かをる
秋彼岸ふと向けし背の波打てり

黙しつつベンチ分け合ふ秋夕焼け
すがれ虫夢見ることに倦む夕べ
大西日骨の髄まで溶けてゆく
霧雨に影となりたる通夜の客
秋深しディキシーを聴き夜もすがら
初時雨その後訃報の続きをり
行く末を風に任せて枯葉散る
枯れ枝を玉座としたり大鴉
侘助や影を包みて花開き

福田淑子

風止みて夕闇を吸ふ冬柏
冴え冴えと立つ真夜中の大欅
長き手の伸びくる蒼さ冬晴れ間
独り居の果てに浄土の冬日向
じつくりと蕎麦湯がのどを下りてゆく
どつかんと屋根に乗つたる冬の月
数へ日や数へさうになる余生
冬の星骨をきしきし鳴らしつつ
忘れたき記憶流すや冬銀河

吉田和司

よしだ・かずし

略　歴　昭和三三年四月一日愛媛県に生まれる。平成二二年のCOP10世界俳句大会を機に作句を始める。同年地元守谷市の互選俳句会「山ゆり」入会。令和二年より「俳句四季」投句開始。『四季吟詠句集』36参加。

現住所　〒三〇二―〇一二一　茨城県守谷市みずき野三―一八―五

特選句

土佐の志士越す万緑の国境

二〇二二年一二月号特選

◆特選句評――水内慶太

幕末の英雄、土佐藩士坂本龍馬は同士沢村惣之丞と供に一八六二年土佐を出奔し、梼原の予土県境の韮ヶ峠を越え、伊予の国に脱藩した。この道を坂本龍馬脱藩の道といい、幕末の幕藩体制の矛盾の激化と対外危機が重なり、天皇の絶対化が結合して王政復古に至る幕末政治運動の大きな潮流を作った。維新という奇跡の革命の舞台であった。「革命」と季語の「万緑」が董るように似合う。

◆俳句と私

俳句を始めて十四年。専ら創作は土日、出張が吟行という典型的なサラリーマンの俳句である。四十余年の勤務のなかで、若い頃約十年間調査部に在籍し、種々思考訓練を積んだ経験が少しは役立っているように思える。

当時、調査部では、情報の客観的処理（すなわち観察する）が大前提で、解を得る手法として、マクロとミクロ、構造と循環、仮説の立て方と検証、将来予測に於ける演繹と帰納等体得するまで鍛えられた。

俳句という時間と空間を超越したキャンバス上、奇を衒うことなく、作者の感動と詩情を伝えるのは、経済調査よりはるかに難しいと実感している。

鞄に俳句手帖を忍ばせつつ、倦まず弛まず屈せず日々精進する他ないと思う此頃である。

春宵の客ぐい呑みを選りてをり

裏に道ある仲見世の余寒なほ

薄氷の手水舎過り観音堂

居酒屋のひくき盛り塩実朝忌

縄文の火炎のごとき牡丹の芽

轢かれたるけものの無念冴返る

来し方も行方もままに野火走る

春陰や遮光土偶の深き笑み

梅の香や神話の国の太柱

開帳の秘仏濁世を覗きけり

冴返る満員電車床軋み

利根越えて帰雁の列とはや成りぬ

吉田和司

木の芽時ビタミンの瓶空となる
街道の空き家増えたり初燕
闊歩するヒール眩しき薄暑かな
五月雨を足元に置くかづら橋
薬草の土瓶しゅんしゅん五月晴
早苗饗を見下ろす祖霊しづかなり
雨気はらむ風の匂ひの初蛍
熱帯魚刻ゆるらかに小宇宙
膨みて佐渡へと向かふ夏の潮

歯切れよき言葉路地ゆく祭の日
しやりしやりと引き出づる音氷店
宿の名の違ふ浴衣や射的小屋
婚と葬かさなる家や犬の夏
異教徒の祈り灼けをり赤レンガ
道灼けてメビウスの輪にゆき止まり
西日さす下宿に大志置き忘る
断捨離と余生のはざま書を曝す
夏真昼草食獣の舌小さし

濡れ縁のかすかな湿り今朝の秋
幸薄き智恵子の切り絵今朝の秋
流星や魂ひとつ還りしも
欠茶碗一茶の客となる玉兎
興亡の湖族二城や虫時雨
義仲のそののち知らず薄原
大小の地球儀の店賢治の忌
道問へば難きを選りて夜業の灯
山村の稲架高くして陽の匂ひ

一五夜の村浮かびたる渓のなか

温め酒身の上話聞くはめに

嘉するは越後の酒か菊膾

女傘借りて銀座は秋時雨

松手入四百年の武家屋敷

冬立ちて出雲に朱き屋根瓦

父の忌に近き母の忌石蕗の花

血族の貌みな似たり落葉焚

雑炊の湯気を昭和といふ時代

熱燗や執するものは捨てがたし
寒天干す明智びいきの隠れ里
年の果鞄の傷のひとつ増す
鯛焼の餡はみ出づる小吉日
駄菓子屋のはづれは飴や春隣
遠きほど光る海原冬夕焼
歌垣の山はむらさき日脚伸ぶ
明日有りと云ひし百歳日脚伸ぶ
青歯朶の裏に秘めをり白き意志

四季吟詠句集 37 | しきぎんえいくしゅう37

令和 5（2023）年 6 月30日　第 1 刷発行

発行者 | 西井洋子

発行所 | 株式会社 東京四季出版

〒189-0013 東京都東村山市栄町 2-22-28

電話 : 042-399-2180／FAX : 042-399-2181

haikushiki@tokyoshiki.co.jp

https://tokyoshiki.co.jp/

印刷・製本 | 株式会社シナノ

定価はカバーに表示してあります。

ISBN 978−4−8129−1035−1

HP　instagram　twitter